LES SEIGNEURS DE BAGDAD

Inspiré d'une histoire vraie

SCÉNARIO
BRIAN K. VAUGHAN

DESSIN ET COULEUR
NIKO HENRICHON

TRADUCTION
BENJAMIN RIVIÈRE

URBAN COMICS NOMAD DC

Le ciel s'effondre ! Le ciel s'effondre !
Dis-le encore une fois et je jure que je monte t'avaler tout cru.
Nous sommes d'excellents grimpeurs, tu sais.
Le ciel s'effondre ! Le ciel s'effondre !
Le ciel s'effondre !
Oh, mais tu vas la **boucler** ?! Ce satané ciel ne s'effondre...
... pas ?

Oh.

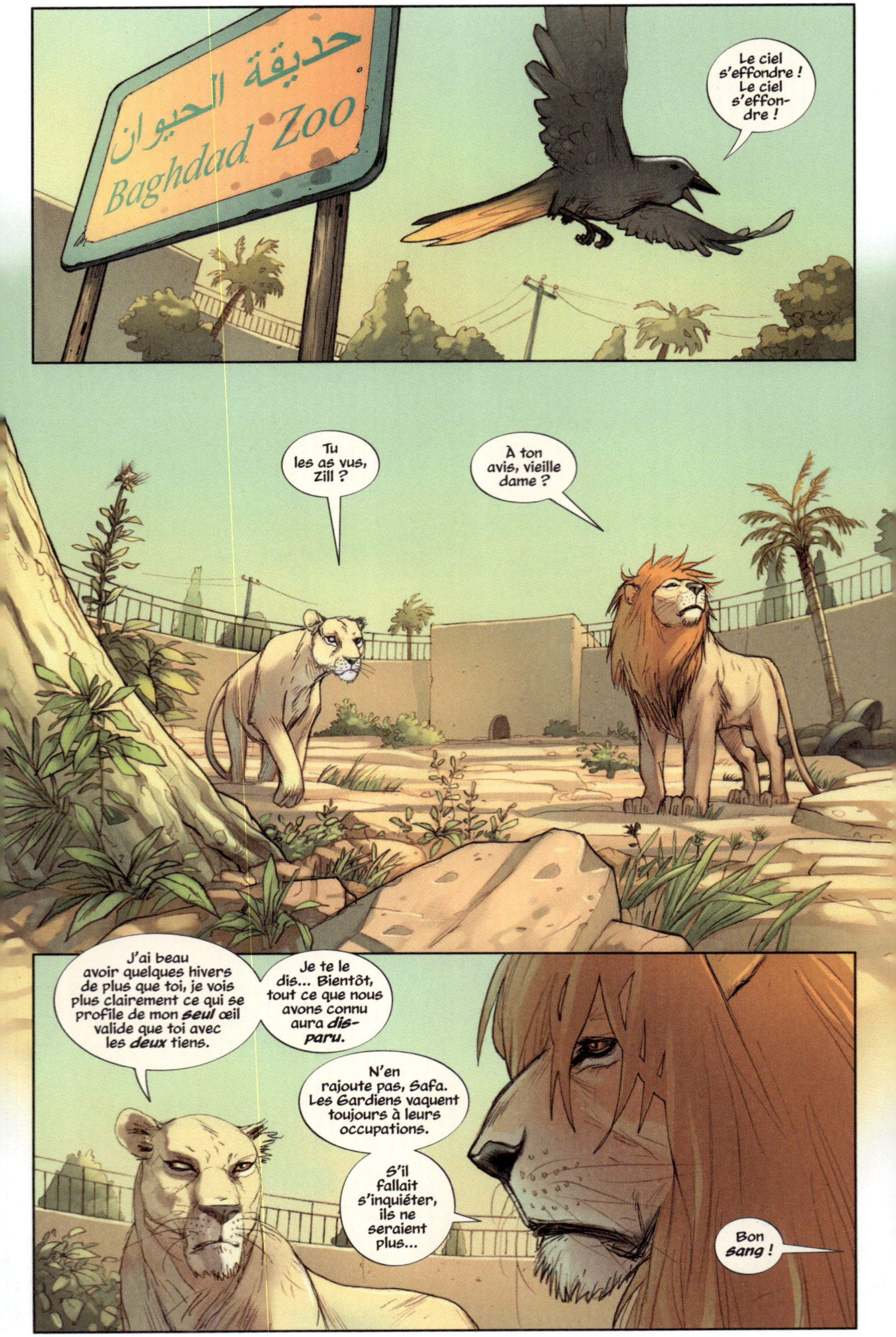

حديقة الحيوان
Baghdad Zoo
Le ciel s'effondre ! Le ciel s'effondre !
Tu les as vus, Zill ?
À ton avis, vieille dame ?
J'ai beau avoir quelques hivers de plus que toi, je vois plus clairement ce qui se profile de mon *seul* œil valide que toi avec les *deux* tiens.
Je te le dis... Bientôt, tout ce que nous avons connu aura *disparu*.
N'en rajoute pas, Safa. Les Gardiens vaquent toujours à leurs occupations.
S'il fallait s'inquiéter, ils ne seraient plus...
Bon *sang* !

Vous les avez *vus*, hein ?
Tout là-haut ?
Vous avez vu ?
Je vous en conjure, mon royaume pour un peu de silence.
C'était *quoi* ces choses, Safa ?
Demande à ta mère, Ali. C'est elle le cerveau de la horde, non ?
Ouais, mais elle est dans la tanière. Elle parle avec une nampilote.
Une *quoi* ?

Je ne devrais pas être là.
Si ma harde l'apprenait, Noor...
L'heure n'est pas aux querelles, Antilope.
Et surtout pas lorsque la libération est si proche.
Libération ? Mais les oiseaux disent...
Au diable, les oiseaux !
Nous ne pouvons attendre qu'un miracle change le monde pour nous. Nous devons prendre le contrôle de nos destinées !

Garde tes platitudes pour ton petit.
Que suggères-tu ?
Toi, moi, les chameaux et les bouquetins, nous tous... nous avons perdu trop de temps à nous déchirer, alors que nous avons un ennemi commun : *les Gardiens*.
Ensemble, nous pouvons en venir à bout.
Tu divagues.
Écoute-moi. Les Gardiens savent que, s'ils entraient dans *notre* fosse, les miens n'en feraient qu'une bouchée.
Mais les êtres humains sont assez bêtes pour baisser la garde avec les *tiens*. Ce serait facile pour l'un de vous de *tuer* un Gardien et de prendre ses clés...
Et qu'en ferions-nous ? Si jamais nous avions la *folie* de risquer ainsi nos vies, que *ferions-nous* des *clés* ?
C'est là qu'interviennent les singes.

Eux ?
Tu as dû prendre un bon coup de soleil, Noor.
J'ai déjà leur accord ! Les rats leur ont transmis mes messages. Ils ont même promis d'ouvrir *nos deux* cages en premier.
Et pourquoi ai-je l'impression que tu me *trancheras* aussi sec la *jugulaire* ?
Tu ne me *crois* pas ?
Tu connais l'histoire du scorpion et de la grenouille, non ?
Mais... nous pouvons *surmonter* nos instincts ! C'est *l'abondance* qui nous attend derrière ces murs ! Assez pour tous ! Nous pourrions apprendre...
On vit séparés ou on meurt ensemble, lion.
J'ai choisi depuis longtemps.
NON !

Attends, froussarde...
Alors, c'est ça, ta *vie* ? On doit...
Maman ?
Contre qui tu grognes ?
... contre moi.
... comme toujours.
Ben, y a Zill qui voulait que je te dise que le repas était servi.
Du lapin !
Merveilleux.
Ça va pas, Maman ? T'aimes pas le lapin ? Moi, j'aime ça ! Ça se coince dans les dents, alors tu as encore le goût le lendemain.
Je n'ai pas de problème avec le lapin, Ali. Mais je n'aime pas qu'on me le *serve*. Chasser me manque.
Ne l'écoute *pas*, petit...

Je te garantis que Noor n'a aucune idée de ce que ça fait de tuer un lapin.
Safa, on peut manger en paix, oui ?
Je sais ce que c'est.
J'étais peut-être jeune quand on m'a arrachée à la savane, mais je n'oublierai jamais mon premier lapin tué.
Ah oui ? Et pourtant, il n'y avait pas de lapin chez nous. Que des lièvres.
Tu vois très bien ce que je veux dire...
Je n'en suis pas sûre, Noor. Si tu te souvenais vraiment de l'ancien temps, tu ne serais pas si pressée d'y retourner.
C'était comment, Safa, dans la savane ? Il y avait plein d'autres lions ?
Non, il y avait...

FOUS-MOI LA PAIX !
Arrête, Safa.
Ça ne prendra que six secondes.
Rejoins tes crétins de frères, Bukk ! Ce n'est pas ton territoire !
Rien ne m'empêche d'être là.
Plains-toi auprès de la pathétique crinière grise qui est censée vous *protéger*, femelle.

Repose une patte sur moi et je t'arrache ta virilité avec mes *crocs*.
Oh, tu m'excites...
ORDURE !
AAH !
Huh, je vais garder ça un moment.
J'ai intérêt à inventer une bonne *histoire* pour l'expliquer.

ICI !
À L'AIDE !
SILENCE.
AaAAAH !
Débats-toi encore et je te prends aussi une oreille.

≈Hhhn≈
Fais-ça vite. Je t'en *prie*...
Je te l'ai dit, il ne me faut que six *secondes*...
... mais mes "crétins de frères"...
... auront besoin de *plus*.

... plein de *mouches*, Ali.
Des mouches noires suceuses de sang. Pires que tout ce que l'on a ici. Tu as de la chance de n'avoir connu que cette vie-là.
C'est vrai, Zill ?
Eh bien, je ne vivais pas au même endroit que Safa et ta mère, alors mon expérience est...
Parle-lui des couchers de soleil, Zill !
Ah, *ça* !
Encore !
Pas envie de réentendre *ça*...

Ma première troupe vivait près d'une colline et le soir, je grimpais au sommet.
À la fin de chaque journée, je regardais l'horizon *dévorer* lentement le soleil, répandant son sang à travers tout le ciel bleu.
C'est quoi, *lorizon* ?
Eh bien, c'est... j'imagine qu'on ne peut pas le voir *d'ici*...
... l'horizon.
Ce n'est pas important, Ali. Plus maintenant. Une vue magnifique, c'est très bien, mais manger au moins une fois par semaine, c'est encore mieux.
Et puis, nous, les lions, nous nous adaptons à tout.
Oui, même aux petites carcasses puantes de...
WHUMP
GAH !

C'est... un *âne* ?
On dirait.
Ça nous ferait assez de viande pour tenir des *jours*. Pourquoi les Gardiens nous donnent-ils un *âne* entier juste après nous avoir... ?
Hé.
Oh non !
Ils s'en *vont*.
Qui... ? Les *Gardiens* ?
Pour-quoi ?
Noor, emmène *vite* Ali à l'intérieur ! Avant que...

UHN !

Zill !
Tu es...
Ne te retourne pas ! Cours !
C'était un lorizon ?
VITE !

On y est !
C'est la fin !
Rentre et boucle-la, Safa !
Il faut...
Ne me grogne pas dessus, espèce de carcasse décharnée...

Tout le monde va bien ?
On... on est *morts* ?
Non...

... nous sommes libres.

OUI !
Je n'aime pas ça.
Comment ça, Noor ? Je croyais que c'était tout ce que tu avais toujours voulu.
Tu sais ce qu'on dit, Zill ?
La liberté ne se donne pas. Elle se gagne.
Oui, mais on dit autre chose.
Le gibier qui t'est offert, tu le manges.

Tu... tu as peut-être *raison*.
Et puis, ce n'est pas fini.
Attrape le petit et partons.
Allez-y...
Moi, je n'irai nulle part.
Mais il le *faut*, Safa ! Maman dit que c'est la jungle, dehors. On sera des rois !
Alors, bon règne en enfer.
Cet endroit n'est pas parfait, mais l'alternative est pire.
Tu veux vraiment mourir *seule*, coupée du reste du monde ?
Je veux mourir de *vieillesse*, Zill.
Si le zoo en est le prix à payer, alors qu'il en soit ainsi.

Safa...
As-tu déjà réussi à me faire changer d'avis, toutes ces années ?
Sur *quoi* que ce soit ?
Je te *hais*, vieille femelle.
Je te hais aussi, Zill.
Allons-y.
On la *laisse* là ?
Elle nous laisse *là*, Noor. Tant pis.
Qui va lui apporter son déjeuner et le reste ?
Elle se débrouillera, Ali.
Mais à présent...

... nous avons *d'autres* problèmes à gérer.

Les cieux s'ouvrent !
Les Anciens ont entendu nos prières ! Ils vont venir nous...
NON !

THWUMP
Waouh !
Je ne comprends pas. Que se passe-t-il ?
Oh, non ! En voilà un au...
Heuf !

Oh... Zill ?
Viens, petit.
Je suis là.
Je suis pas petit. J'ai un nom.
Ali.
Comme Ali Baba ? Le petit voleur ?
Alors, bienvenue au club.

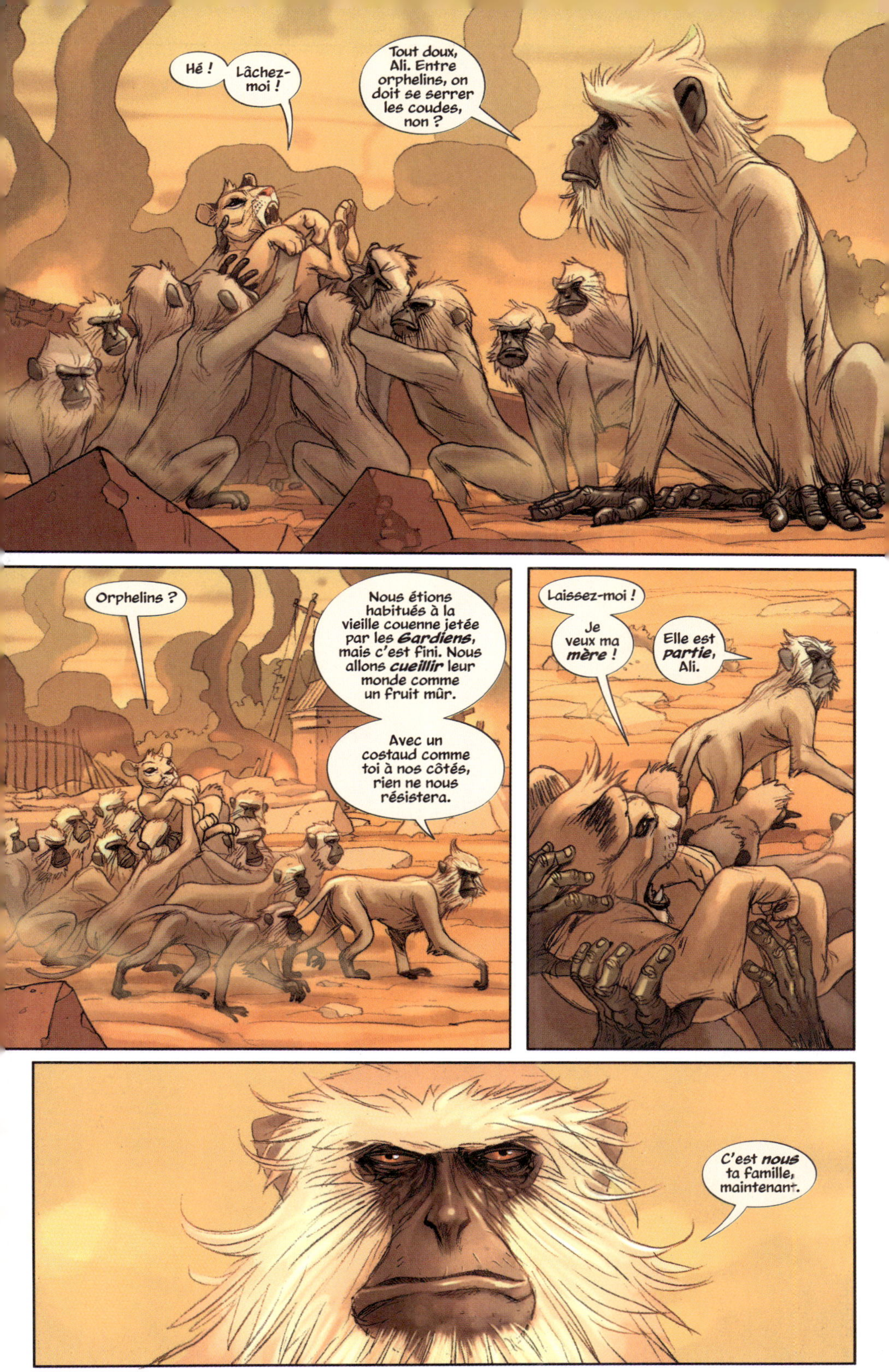
Hé !
Lâchez-moi !
Tout doux, Ali. Entre orphelins, on doit se serrer les coudes, non ?
Orphelins ?
Nous étions habitués à la vieille couenne jetée par les *Gardiens*, mais c'est fini. Nous allons *cueillir* leur monde comme un fruit mûr.
Avec un costaud comme toi à nos côtés, rien ne nous résistera.
Laissez-moi !
Je veux ma *mère* !
Elle est *partie*, Ali.
C'est *nous* ta famille, maintenant.

Nnn...
Moins marrant... que la première fois...
Ali ?
ALI !
Oh non...
... les singes l'ont pris.
Mais... nous avions un accord.
Une fois libres, ils ont promis de m'aider.
Et tu as cru ces sales charognards ?
Arrête !

Bienvenue sur l'île aux Singes, l'ami.
Mets-toi à l'ai...
C'est nul ici ! Ça *pue* !
Tu t'y feras.
Tenez-le, les gars.
Non. Je... je m'excuse ! Ça sent bon, en fait.
Je vais ajouter un peu de *couleur* à ton pelage, Ali... pour que tout le monde sache que tu es avec nous.

Laissez-le !
Ou je vous éventre jusqu'au dernier !
Ah oui ?
Et quand as-tu appris à nager ?
J'y vais.
Noor, non ! Il a raison. Tu vas te noyer.
Retournons vers notre tanière et grimpons sur les gravats. Nous devrions pouvoir sauter sur leur île depuis là-haut et...
Nous n'avons pas le temps ! C'est mon fils, espèce de lâche...
MA-MAN !!

Ce sera moins long si tu arrêtes de...
Lâche cette pierre, macaque.
C'est le dernier avertissement.

Safa ?
Approche, mamie.
Viens là, et moi et mes copains, on va t'éviscérer comme...
AH !
Attaquez-la ! Elle va...

D'autres clients ?

ARRIÈRE !
Ils t'ont fait mal ?
Un... un peu.
Bien. Ça t'endurcira.
Bon, monte sur le dos de Safa...
... et quittons ce tas de boue répugnant.

Safa, je... je ne sais pas comment te remercier.
On ajoutera ça à la longue liste des choses que tu ignores, Noor.
Ce coup d'éclat m'attirera trop d'ennemis pour que je reste ici.
À moins de vouloir me faire égorger dans mon sommeil, je crois que je n'ai pas d'autre choix que de rejoindre votre marche funeste.
Bien sûr. Et tu ne te sentais pas seule et tu n'as pas du tout changé d'avis ?
Ne pousse pas ou tu finiras comme les singes en bas.
J'ai mal au ventre, Maman.
Je sais, chéri. Safa a peut-être le sien rempli de singes, mais nous devons nous trouver à manger avant de partir.
Eh bien, pas de mouvements brusques...

... car le *voilà*, notre dîner.
Noor ?
Je vais la contourner et vous la...
Non.
Laissez-la.
C'est une proie facile, sans les siens.
Alors, laissez-la les rejoindre. Pour qu'elle leur dise que les *lions* n'ont qu'une parole. Que les antilopes sachent qu'elles auraient pu être *libres* depuis longtemps si elles m'avaient fait *confiance*.
Allez, *pars*... avant que je ne change d'avis.

Mais pourquoi as-tu fait ça ?
Question de fierté.
Fierté d'avoir faim ?
Désolée, Safa, mais je sens qu'il y aura bien d'autres animaux à chasser.
Hn.
Je préfère manger cru.
Bon, au moins, on peut revoir le soleil.
On dirait que le pire est derrière nous.
Bien dit, Zill...

Waouh.
Je n'aurais... jamais cru.
Moi, *si.*
Les chameaux racontaient qu'il n'y avait que le ***désert*** dehors... mais ils ***mentaient***.
Pour qu'on reste ***passifs***.
Hum.

On va se trouver une nouvelle tanière ?
Les vrais lions vivent où ils veulent, Ali. Les arbres ne font de l'ombre que pour nous.
Oui, et si nous ne trouvons pas à manger, les brins d'herbe seront notre seule nourriture.
Safa, combien de temps es-tu restée prisonnière ?!
Ne peux-tu donc pas te réjouir un instant ?
Me réjouir de quoi, Noor ? Nous n'avons rien gagné.
Tu es trop effrayée ou idiote pour te rendre compte que ce que tu espères depuis tout ce temps n'est qu'un mirage !
Traite-moi d'idiote encore une fois, vieille carne, et je te jure que je vais...
LA PAIX !

J'ai eu plus que ma dose de bruit pour *toute une vie* ces dernières heures.
Alors, **SILENCE** !
Mmmm.
Tu redeviens ***sauvage***, Zill.
Je veux que tu me prennes.
Te... prendre ?
Mainte-nant.
Ah, oui... Ali, ta mère et moi, avons des choses à... *euh*...
Oh, ***allez-y***, vite.
Un argument de plus pour avoir ma propre tanière.

Hé, où ils *vont* ?
Ils ont besoin d'être seuls, Ali.
Oh.
C'est ce que Zill disait quand il partait avec *toi*.
Oui.
Allez, viens petit... Explorons un peu.
J'espère qu'il y aura des animaux de mon *âge*.
J'aimerais bien tuer un bébé chèvre.

Beurk !
C'est *pas* bon.
Bienvenue dans notre nouvelle vie, Ali. L'eau fraîche tirée du puits, c'est du passé.
Il y a... quelque chose qui *flotte* dedans.
Cela s'appelle un *reflet*, petit sot...
AAH !
SNAP

Va-t'en ! Le Tigre est à moi !
Hein ?
Ce n'est pas un tigre, c'est un lion.
Et il ne t'appartient pas.
C'est le nom du fleuve, simplette.
Les fleuves ont des noms ?
Tout a un nom. On nomme les choses pour qu'elles nous appartiennent. Et ce trou boueux est l'endroit où je pêche.
Calme-toi, tortue. Nous sommes juste ici pour boire.
Ah oui ?
Alors, à votre aise ! Peut-être que vous ferez peur à ces sales tortues de mer...

Je ne me souviens pas qu'il y ait eu des tortues au zoo.
Au zoo ? Je ne vis pas en cage, moi.
Pourquoi ? C'est de là que vous sortez ?
Ouais. Le **ciel** est tombé sur notre maison.
Oh, non...
... pas **encore** ...
C'est **déjà** arrivé, avant ?
Plus d'une fois. La dernière, c'était il y a plus de douze ans.
Douze ans ? Quel **âge** as-tu ?
J'ai éclos pendant la première grande guerre... quand ce trou était encore un **empire**.

La guerre ?
Écoute, les miens et moi n'avons pas vécu aussi longtemps que toi. En quoi ça consiste ?
Ça consiste à perdre sa femme, ses petits et tous les amis qu'on a pu se faire...
Perdus comment ?
Il y a quelque chose de noir sous la terre, mon garçon.
Poison.
Quand les Marcheurs se battent, ils le font jaillir de la terre et le répandent... dans la mer.
Marcheurs ? Tu parles des Gardiens ?
Gardien, Deux-jambes, Homme... peu importe leur nom, ce sont tous les mêmes.
Ils se battent pour quoi ?
Si seulement je le savais...

... pour ce que j'en ai à faire.

Ouiiii !
Encore, Zill.
Non... je n'en peux plus.
ENCORE !
Encore... encore... encore...
Noor, enfin...
Qu'est-ce que tu as ?

Je ne suis pas prête pour ça.
Pas si *vite*...
Mais si, tu es prête. Tu l'es depuis le jour où ta mère a rongé ton *cordon*.
Tu crois qu'il n'y a que ces créatures *stupides* qui savent être libres ?
Nous sommes *nés* pour vivre comme ça. Ce n'est pas ce que tu disais ?
Nous avons appris à vivre en *captivité*.
Et comment *désapprendre*, Zill ? Comment pouv... ?
RMMMMMMMMMMMMMM
Tu as... senti ça ?
Le *sol*...
Ali !

C'était *quoi*, Safa ?
On aurait dit un *estomac* qui gargouille... Un *gros*.
Ce sont les Lions de Babylone.
Les quoi ?
C'est le nom que les Marcheurs donnent à leur *carapace*.
Qu'est-ce que tu... ?
Mais c'est pas des *vrais* lions.
Tu te souviens de ce que je disais sur les *noms* ?

Babylone est une ville en aval. Leur lion est une *statue* de l'un de vous essayant de manger un homme... mais l'homme se *bat* contre le gros chat en pierre.
Une légende dit que, tant que la statue sera debout, jamais la ville ne tombera.
Je ne te suis pas.
C'est juste... comment dit-on ? Un *symbole*. Tu sais, les Marcheurs ne parlent jamais franchement.
Oui, mais c'est également *notre* terre. Nous sommes *censés* être quoi sur cette statue ? Le lion ou l'homme ?
Peut-être les *deux*. Ou aucun. Quelle importance ?
Je ne sais même pas si ce foutu caillou est encore *là*. Je dis juste que...
RMMMMMMMA
Et, voilà les *autres* Lions de Babylone, évidemment. Comme la dernière fois.
Je baisserais la tête à votre place.
Attends ! Comment *ça* ?

Mais qu'est-ce qu'il *racontait* ?
Je... je suis sûre que ce n'est rien, Ali.
Le cerveau des tortues est tellement petit.
On aurait dû le *manger*.
Maman dit que les petits cerveaux sont faits pour être mangés. Pas pour être écoutés.
Eh bien, pour une fois, nous sommes d'accord...
C'était quoi ?
Les arbres ont bougé...
... mais il n'y a pas de *vent*.

KOHD BAELAK !
IFSAH ISEKA !

S... Safa... ?
Safa, viens !
SAFA !
RRG !
AAH !

Comment oses-tu ?
Tu bougeais *pas* !
Si j'avais pas fait *ça*, on aurait pu se faire tuer !
Non, tu... tu as bien fait.
Bon sang, je dois...
ALI !

M'MAN !
Zill, qu'y a-t-il ?
Que se passe-t-il ?
Aucune idée, mais il y a des centaines de ces choses qui écrasent tout sur leur passage. Nous ne sommes pas en sécurité, ici.
Alors, nous devons rentrer.
Impossible, Safa. Leur troupeau s'étale sur des lieues. Ils nous coupent le seul chemin vers le zoo. Si nous traversons, ils nous broieront les os.
Alors que faire ?
Allons dans la direction opposée de la proie qu'ils traquent. Avançons le long de cette colonne de monstres jusqu'à sa queue.
Et s'ils n'étaient pas en chasse d'une proie ? Et s'ils fuyaient un prédateur ?
Nous nous jetterions droit dans sa gueule !
Un prédateur ? Tu as vu leur taille ?

Crois-moi, *rien* de cette taille n'a *d'ennemis*.

On est où ?
Aucune idée. J'ai déjà du mal à garder mon seul œil ouvert.
Il n'y a pas grand-chose à voir.
On... on dirait un autre zoo.

Ça, ce serait vraiment le bouquet.
Oh, tais-toi, Safa.
C'est bien toi qui *voulais* passer le reste de ta vie derrière des barreaux.
Arrêtez.
Si on ne trouve pas vite de quoi manger et s'abriter, ce sont les *vautours* qui vont se régaler.
Alors continuons à marcher face au vent pour qu'aucune proie ne nous repère.
Tu es *folle*, Noor ?
Si on continue dans cette tempête, on n'a aucune chance.
Safa a raison. S'il y avait de quoi manger, nous serions déjà tombés dessus.
Nous devons faire demi-tour pour trouver un abri jusqu'à ce que le vent retombe.

Je vois.
Maintenant que tu as répandu ta *semence* en moi, mon opinion ne vaut plus rien, c'est ça ?
Ça n'a rien à voir avec...
Amuse-toi bien avec ta *mégère*, Zill.
Viens, Ali. Nous, on va chasser.
Je... je reste avec *Safa*, Maman.
Bien.
Mais lorsque je ramènerai une proie fraîche, ne réclamez pas votre *part*.
Noor, *attends* !

Laisse-la partir.
Elle reviendra quand...
Hé !
Qu'est-ce que tu *as*, Ali ?
Là.
Je crois que j'ai trouvé du sang.

Alors, c'est ça, le paradis ?
Dans quel pétrin tu t'es fourrée, ma fille ? Qu'est-ce que tu... ?
ÇA-CLOK ÇA-CLOK
Qui va là ?
Venez... *approchez*... et je vous tuerai tous.
Oh.

C'est… c'est un *Gardien* ?
Ou un de leurs petits.
En tout cas, ça suffira à nous nourrir.
Nous ne le *mangerons* pas !
Ah bon ?
Il a l'air assez frais.
Cela fait des années que l'on se nourrit de carcasses.
Pourquoi arrêter maintenant ?

Jamais nous n'aurions *eu* ces carcasses sans les Gardiens.
Comment peux-tu envisager de *manger* l'un d'entre eux ? Ils nous ont gardés *en vie* !
Et ils vont *continuer* de le faire...
... tant qu'on n'y verra pas autre chose que de la *viande*.
N'es-tu donc loyal envers *personne* ?
Si... notre *horde*.
Si c'est ainsi que tu vois les choses, *vas-y*, mords le premier.
Déchire la chair de l'une des créatures qui nous ont *protégés*.
ZILL !

Noor ?
Vite ! C'est *important* !
Bon...
Oh, regardez qui se dégonfle...
Calme-toi, cette carcasse n'ira nulle part.
Et nous devrions faire de même.
Noor essaie juste d'attirer *l'attention*.
Regardez, il n'y a rien de spécial.
Toujours cette manie de crier au loup...
Non, Safa...

... pas au loup.

Restez discrets, compris ?
C'est... c'est *quoi* ?
On dirait des gazelles, mais sans leurs sales cornes.
Et en plus *gros*.
Quoi que ce soit, à la seconde où on répandra les *tripes* de l'un d'eux, les autres vont s'enfuir au galop.
Il faut donc attaquer *ensemble*.
Si on en attaque chacun un, on devrait pouvoir en abattre *trois* pendant que les autres fuient.
Trois ? Et *moi* ? Je peux en tuer aussi.
Bon petit.
Tenez-vous prêts. À mon signal...

NOOON !
Allons-y !
Oui, en faisant vite, on peut encore en avoir un !
Désolé... je suis trop gros et trop lent pour espérer les rattraper.
Vous deux, allez-y. Ali et Moi, nous vous rejoindrons...
... après ?

Noor...
Inutile de t'excuser, Safa.
Nous nous sommes emportées toutes les deux, aujourd'hui.
Ma fille, même si je vis cent ans, tu n'auras jamais une excuse de *ma part*.
J'allais juste dire... bien joué.

Ne te réjouis pas trop vite.
Ces choses n'ont pas l'air de se fatiguer.
Contrairement à moi... Encore une douzaine de foulées et.... mon *cœur* va exploser. Je dois te laisser poursuivre... On se rejoint.
Entendu.
C'était bien de courir un peu ensemble.
Tu es plus rapide que je ne l'ai jamais été... même *jeune*. Mais si tu répètes aux autres que j'ai dit ça... je dévore ton *petit*.
Espérons que tu seras trop *repue* pour ça !
Oui.
Espérons.

Vous voilà, sales bêtes !
Lâchement cachées !
Je vous préviens, si vous entrez *tous* dans cette grotte...
... aucun de vous n'en sortira *vivant*.
Je vous aurai...

... prévenus.

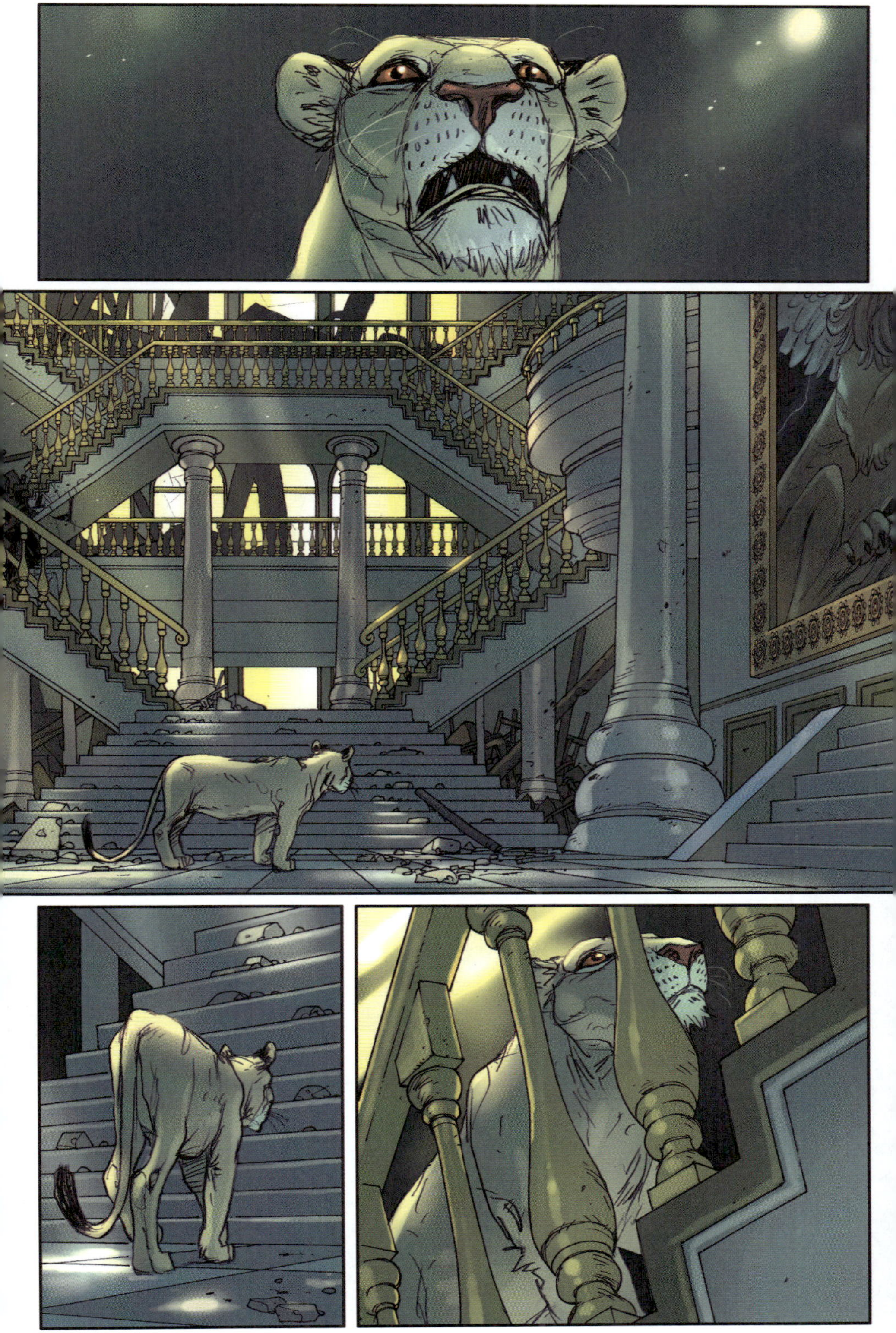

Quel est cet endroit ?
AAH !

Safa, comment tu... ?
J'ai repris mon souffle et j'ai suivi l'odeur de la *peur*.
Oui, cet endroit me flanque la trouille.
Alors, on doit être au *paradis*.
Je ne crois pas.
Notre propre point d'eau à nous ? La sécurité du zoo, mais avec la liberté d'aller et venir ? Si ce n'est pas le paradis, ça y ressemble.
Je crois que nous sommes dans la tanière des *Gardiens*. C'est ici qu'ils ont dû se rendre quand ils nous ont laissés, l'autre nuit.
Si c'est le cas, où sont-ils... ?
M... maître... ?
Ce bruit... ?
Sûrement les grands ânes que tu as perdus.
Vite !

Maître... ?
Appelle-nous comme tu veux, mais tu ne fais que retarder l'inévitable.
Attends un peu.
Tu sens ça ?
Viande pourrie. Sûrement un...
Bon sang.
Maître... c'est vous... ?

Frère, tu... on te connaît ?
Pas si vous avez encore vos crocs... et vos griffes...
Vous... jamais... ses invitées...
Je ne comprends pas.
Tu as de la chance... ma sœur...
Tu...
Son cœur.
Il... ne bat plus.
Qui a fait ça ?
Quel monstre a fait ça ?

Souviens-toi, au dernier printemps, les rumeurs à propos de créatures ***disparais-sant*** de leurs cages. Les gardiens ont dû les amener ici.
Tu... tu as tort. C'étaient peut-être nos geôliers mais pas des ***tor-tionnaires***.
Et le fouet et les chaînes, tu appelles ça comment ?
Même si ce sont des Gardiens qui ont fait ça, ce n'étaient pas les nôtres.
Ils étaient ***bons***.
Safa, peu importe comment ils nous traitaient, ceux qui nous tenaient captifs étaient des ***tyrans***.
Si nous étions ***restés*** là-bas, nous aurions fini au bout d'une laisse, comme ce malheureux... et tu le sais aussi bien que moi.
Je... je...
PUTAINS INGRATES.

Qui a dit ça ?
Un autre prisonnier ?
RASHID N'ÉTAIT PAS UN PRISONNIER, MAIS UN FAMILIER... ET IL A VÉCU AUSSI CONFORTABLEMENT QUE VOUS, PETITES CHATTES TROP GÂTÉES.
Faux.
Il n'était plus qu'une carcasse.
OUI. J'AI DÛ, PAR INADVERTANCE, MANGER QUELQUES UNS DE SES REPAS.
JE M'APPELLE FAJER, AU FAIT.
C'EST MOI LE MÂLE DE LA MAISON, MAINTENANT. MAIS...

... INUTILE DE VOUS LEVER.

Les voilà, Zill !
Mm, tu as l'œil !
Mais où sont Safa et ta mère ?
On s'en fiche. Allons les tuer !
Ali, ça... c'est un **boulot de femelles**.
Quoi ? Tu as **peur** ?
Bien sûr que non. Mais toi et moi, nous ne sommes pas des **chasseurs**, nous sommes...
AAAAH !

Calme, Noor.
Quel genre de démon es-tu ?
DU GENRE CLÉMENT.
SI L'UNE DE VOUS S'OFFRE À MES CROCS DE SON PLEIN GRÉ, JE LAISSE L'AUTRE PARTIR. COMBATTEZ, ET JE VOUS TUE TOUTES LES DEUX.
Tu vises ses parties, je lui ouvre la gorge.
Entendu.
HH.
J'ESPÈRE QUE VOUS VOUS DÉFENDREZ MIEUX QUE LES CHEVAUX.

ƎUhn !Ǝ
TU FAIS... UNE ERREUR... VIEILLE FEMELLE.
L'ORDRE QUE TU CHÉRISSAIS AVAIT UN PRIX...
... EH BIEN, VOICI CELUI DU CHAOS.
AUHN !

À TOI.
J'ACHÈVERAIS BIEN L'AVEUGLE D'ABORD, MAIS SON SEUL CRIME A ÉTÉ DE CROIRE LES MENSONGES SORTANT DE TA GUEULE.
VOUS, LES JEUNES "RADICAUX" IGNORANTS, VOUS ME DÉGOÛTEZ. MES BOUSES COMPRENNENT MIEUX LE MONDE QUE VOUS.
Non... je t'en prie... prends-moi...
MAIS COMME C'EST PRÉCISÉMENT TA DESTINATION FINALE, J'IMAGINE QUE BIENTÔT, TU COMPRENDRAS.
Non... laisse-la tranquille.
RASHID ?
JE CROYAIS QUE TU NOUS AVAIS DÉJÀ QUITTÉS...

Qui est Rashid ?

Zill !
Va-t'en ! *Tout de suite !*

ALORS, TU ES LE MÂLE DE CES CATINS ?
AVANT, ON ME JETAIT DANS LA FOSSE CONTRE CEUX DE TON ESPÈCE. VOS CRINIÈRES ÉPONGENT BIEN LE SANG.

Va-t'en et... et personne ne sera blessé.
QUELLE GÉNÉROSITÉ ! MAIS JE PASSE, CHASSEUR.
Je ne suis pas un chasseur.
Je suis un guerrier.

ARGH !
ASSEZ !

Nnn...
HÉ, LE "ROI DES ANIMAUX". ÇA SENT LE **CHANGEMENT DE RÉGIME**, NON ?
TU SAIS, SI VOUS ÉTIEZ SIMPLEMENT RESTÉS À VOTRE PLACE, JE VOUS AURAIS PEUT-ÊTRE **PROTÉGÉS**... MAIS VOUS ÊTES TROP FIERS POUR ÇA.
C'est notre nature.
AAH !

RAAAHHH !

UNF !
ENFIN... UN DE VOUS... QUI MORD PLUS QU'IL N'ABOIE.
Je... n'aboie... pas.

Ali, mainte-nant !
GRRR !
CA-CLOK
CA-CLOK
CA-CLOK
CA-CLOK
CA-CLOK
CA-CLOK
NON...

Allez !
Ou... je vous mange la *langue* !
MAIS QU'EST-CE QUE C'EST QUE ÇA ?
TU N'APPELLES QUAND MÊME PAS LA **CAVALERIE** !
TU...

AH !

UNH !

On poursuit encore ces trucs blancs, Zill ?
Non... pas aujourd'hui, du moins.
ALI !
M'man !
Tu vas bien ? Qu... Qu'est-ce qui est arrivé à l'œil de Safa ?
Juste... une égratignure, petit. Ne sois pas si effrayé.
Safa m'a raconté ce qui s'est passé pendant que j'étais inconsciente.
Merci.
NON... PITIÉ...

MA COLONNE... BRISÉE...
... ACHEVEZ-MOI... VITE...
Avec plaisir.
Non.
Quoi ? Maintenant, tu vas faire ton délicat ?
Il ne mérite pas une fin rapide.
Laissons ce qui reste de lui aux scorpions et aux...
Lucioles !
Les lucioles ne mangent pas de viande, chéri.
Non ...
... Là-haut.

Des lucioles.

Allons-y !
Ali, reste là !
Mais je veux les voir de plus près !
Peut-être, mais aux dernières nouvelles, nous n'avons pas *d'ailes*.
Certains d'entre nous, *si*.
À l'intérieur.
J'ai vu un lion avec ...
Tu ne m'aides pas, là.
Allez, venez !
J'ai trouvé une *colline*.

Ce sol, il est *instable*.
Où le petit nous emmène-t-il ?
C'est une autre maison de Gardiens, Safa.
Non. C'était à eux *avant*. Plus *maintenant*.
C'est quelque chose... d'autre.
C'est chaud, hein, Zill ? Sous les pattes...
C'est *bon*.

Ma... tête tourne.
Continuez sans moi.
Arrête. Nous sommes presque au sommet.
Je suis trop vieille pour grimper, Noor.
Ne sois pas ridicule. Ça devient moins difficile ensuite...
Si seu-lement...
Venez vite !
Zill, regarde ça !
Quoi ?
Ça !

C'est ça, l'horizon ?

Oui.
C'est ça.
Oh.
C'est magnifique.
C'est...
Pardonne-moi, Safa.
J'oublie que tu ne peux pas...
Ne t'excuse pas. J'ai entendu la description de cet instant cent mille fois. Je le vois mieux que **toi.**

Eh bien...
... Cela valait-il le coup, vieux mâle ?
Hum ?
KRACK

Zill ?
ZILL !
Il... il va bien ?
M'man ?
C'est qui, eux ?

snff snff
Gardiens ?
Je ne sais pas.
Prends Ali avec toi, ma belle.
Je ferai ce que je peux.
Safa, non ! Ne fais...
KRAKKA KRAKKA KRAKKA

Safa ?
J'aime pas ce **bruit**, Safa.
Sauvages !
Espèce de...
KRAKKA KRAKKA KRAKKA

Ali... c'est... c'est toi... ?
Chéri... je comprends pas... ce que tu...
... arr... hrrr...
prrrrrr...
SEIGNEUR.

OH MON DIEU.

C'ÉTAIT QUOI, ÇA, BORDEL ?

ÇA VA, MON GARS ?
IIS... ILS ONT CHARGÉ VERS NOUS, CHEF.
JE VOULAIS PAS LES TUER, MAIS...
T'AVAIS PAS LE CHOIX.
JE SAIS.
D'OÙ ILS SORTENT, CHEF ?
ILS VIVAIENT PAS À L'ÉTAT *SAUVAGE*, ICI ? HEIN ?
AU CONTRAIRE...
... ILS ONT ÉTÉ *LIBÉRÉS*.

En avril 2003, quatre lions se sont échappés du zoo de Bagdad lors des bombardements en Irak.
Les animaux, affamés, ont finalement été abattus par des soldats américains.

Il y a eu de nombreuses autres victimes.

FIN

DANS LE MÊME UNIVERS

NOU3

Agiles, furtives et mortelles, 1, 2 et 3 sont les dernières machines de guerre révolutionnaires que la science et l'armée ont conçues. Mais 1, 2 et 3 sont également un chien, un chat et un lapin. Autrefois simples animaux domestiques, ils furent capturés, puis transformés en cyborgs futuristes et belliqueux. Le jour où une scientifique au cœur trop tendre les relâche, des soldats se lancent à leur poursuite, gardant, en dernier recours, le terrible 4.

Récit complet

ISOLA

À l'aube d'une guerre imminente, la reine Olwyn, en proie à un étrange maléfice, est contrainte de fuir la capitale accompagnée de Rook, sa protectrice inexpérimentée. Pour lever la malédiction et lui permettre de sauver le royaume de Marr, il leur faudra gagner une île mystérieuse que les légendes nomment Isola, la terre des morts.

Série en 2 tomes

JOE L'AVENTURE INTÉRIEURE

Joe est un adolescent diabétique vivant sous la menace constante de crises d'hypoglycémie. Frappé par l'une d'elles, Joe voit son combat bien réel contre la mort transposé dans un monde fantastique où ses jouets et son rat domestiqué se muent en chevaliers et en guerriers. Entre hallucinations et batailles épiques, l'odyssée de Joe à travers sa maison et cet univers fantaisiste devient l'ultime épreuve qu'il devra mener de front contre lui-même et contre les armées des ténèbres.

Récit complet

DAYTRIPPER

Brás de Oliva Domingos passe ses journées à chroniquer les morts de ses contemporains pour le grand quotidien de São Paulo... et ses nuits à rêver que sa vie débute enfin. Mais remarque-t-on seulement le jour où notre vie commence vraiment ? Cela arrive-t-il à 21 ans, lorsque l'on rencontre la fille de ses rêves ? À 41 ans, à la naissance de son premier enfant ? Ou au crépuscule de sa vie ?

Récit complet

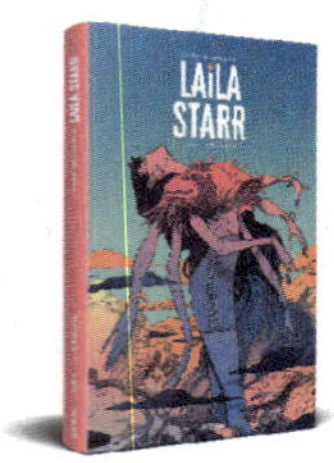

TOUTES LES MORTS DE LAILA STARR

Mumbai, de nos jours. Mme Shah, en plein travail et coincée dans un embouteillage, hurle sur son mari au téléphone. Laila Starr, une jeune femme déjà fatiguée de tout, est allongée sur le rebord d'une fenêtre ouverte, plusieurs étages au-dessus du trafic. Et plus haut encore, bien au-delà des nuages, la déesse de la Mort est convoquée dans le bureau de son patron. Ces trois destins se rejoignent au moment où, simultanément, Laila saute dans le vide, Mme Shah donne naissance à son fils Darius, et la Mort est renvoyée sans ménagement.

Récit complet

DU MÊME SCÉNARISTE

Y LE DERNIER HOMME

2002. Le monde changea à jamais lorsque tous les mammifères dotés du chromosome Y tombèrent et moururent au même moment. Avec la perte de près de la moitié de la population terrestre, la marche du monde stoppa net, laissant à une société exclusivement composée de femmes le soin d'empêcher notre civilisation de sombrer définitivement. Un jeune homme – Yorick Brown – et son singe réchappèrent néanmoins de cet androcide. En une nuit, ce garçon sans histoire devint la personne la plus importante sur Terre.

Série en 5 tomes

SAGA

Un univers sans limite, peuplé de tous les possibles. Une planète, Clivage, perdue dans la lumière froide d'une galaxie mourante. Sur ce monde en guerre, la vie vient d'éclore. Deux amants que tout oppose, Alana et Marko, donnent naissance à Hazel, un symbole d'espoir pour leurs peuples respectifs. L'espoir, une idée fragile qui devra s'extraire du chaos de Clivage pour grandir, s'épanouir et conquérir l'immensité du cosmos.

Série en cours

PAPER GIRLS

Octobre 1988. Au lendemain de la nuit d'Halloween, la petite ville de Stony Stream, Ohio, s'éveille. C'est du moins le cas de Mac, KJ, Tiffany et Erin, quatre jeunes livreuses de journaux qui préparent déjà leur tournée. Aux menaces des bandes d'adolescents attardés et de la police locale un peu trop zélée vont se succéder des événements qui changeront à jamais la vie des quatre jeunes filles et, avec elle, l'histoire de l'humanité tout entière.

Intégrale en deux tomes

THE PRIVATE EYE

Le Cloud a implosé et, avec lui, tous les secrets les plus précieux de l'humanité, des trafics les plus illicites aux photos de voyage du citoyen lambda, se sont retrouvés à la portée de tous. Désormais nous évoluons masqués, seul moyen de protéger ce qu'il reste de notre intimité. Bienvenue dans une société post-Internet.

Récit complet

BARRIER

Liddy est une propriétaire texane. Oscar fuit le Honduras et cherche à passer la frontière mexicaine. Mis en joue par la jeune femme alors qu'il pénètre sur ses terres, Oscar, incapable de s'exprimer en anglais, vit peut-être ses derniers instants. Au moment où leurs trajectoires semblent se rejoindre en une sordide tragédie, l'impensable se produit. Liddy et Oscar se retrouvent alors embarqués dans une odyssée au cours de laquelle ils apprendront que ce qui les séparait est aussi ce qui les rapprochera le plus face à l'inconnu.

Récit complet

DANS LA MÊME COLLECTION

SUPER-HÉROS

FLASHPOINT
Par Geoff JOHNS
et Adam KUBERT

JUSTICE LEAGUE
Tome 1
Par Geoff JOHNS
et Jim LEE

JUSTICE LEAGUE
Tome 2
Par Geoff JOHNS
et Tony DANIEL

JUSTICE LEAGUE - CRISE D'IDENTITÉ
Par Brad MELTZER
et Rags MORALES

BLACKEST NIGHT
Tome 1
Par Geoff JOHNS,
Ivan REIS et
Doug MAHNKE

SUPERMAN RED SON
Par Mark MILLAR,
Dave JOHNSON
et Killian PLUNKETT

KINGDOM COME
Par Mark WAID
et Alex ROSS

ALL-STAR SUPERMAN
Par Grant
MORRISON
et Frank QUITELY

FANTASY

FABLES Volume 1
Par Bill WILLINGHAM
et Mark BUCKINGHAM

FABLES Volume 2
Par Bill WILLINGHAM
et Mark BUCKINGHAM

FABLES Volume 3
Par Bill WILLINGHAM
et Mark BUCKINGHAM

FABLES Volume 4
Par Bill WILLINGHAM
et Mark BUCKINGHAM

LES SEIGNEURS DE BAGDAD
Par Brian K.
VAUGHAN et Niko
HENRICHON

SCIENCE-FICTION & ANTICIPATION

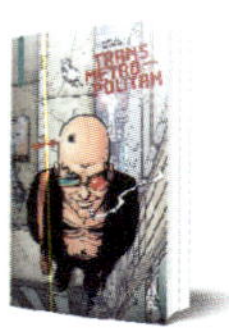

TRANSMETROPOLITAN
Année Un
Par Warren ELLIS et
Darick ROBERTSON

TRANSMETROPOLITAN
Année Deux
Par Warren ELLIS et
Darick ROBERTSON

TRANSMETROPOLITAN
Année Trois
Par Warren ELLIS et
Darick ROBERTSON

TRANSMETROPOLITAN
Année Quatre
Par Warren ELLIS et
Darick ROBERTSON

Y LE DERNIER HOMME
Tome 1
Par Brian K. VAUGHAN
et Pia GUERRA

Y LE DERNIER HOMME
Tome 2
Par Brian K. VAUGHAN
et Pia GUERRA

Y LE DERNIER HOMME
Tome 3
Par Brian K. VAUGHAN
et Pia GUERRA

V POUR VENDETTA
Par Alan MOORE
et David LLOYD

NOU3
Par Grant MORRISON
et Frank QUITELY

THRILLER

BATMAN : LA COUR DES HIBOUX
Tome 1
Par Scott SNYDER
et Greg CAPULLO

BATMAN : LA COUR DES HIBOUX
Tome 2
Par Scott SNYDER
et Greg CAPULLO

BATMAN : WHITE KNIGHT
Par Sean MURPHY

BATMAN : CURSE OF THE WHITE KNIGHT
Par Sean MURPHY

BATMAN : UN LONG HALLOWEEN
Par Jeph LOEB
et Tim SALE

KILLING JOKE
Par Alan MOORE
et Brian BOLLAND

JOKER
Par Brian AZZARELLO
et Lee BERMEJO

WATCHMEN
Par Alan MOORE
et Dave GIBBONS

LES SEIGNEURS DE BAGDAD

57, rue Gaston Tessier - CS 50061 - 75166 Paris Cedex 19
Toute demande doit être adressée à DC c/o URBAN COMICS.
Dépôt légal : mai 2023
ISBN : 979-1-0268-2595-1
Illustration de couverture : Niko Henrichon
Traduction : Benjamin Rivière
Lettrage : Moscow ★ Eye & MAKMA
Charte graphique Urban Comics Nomad : Éric Laurin
Adaptation graphique : François Giraudet
Achevé d'imprimer en avril 2023, chez Interak,
Grzepy 50, 64-700 Czarnkow - Pologne

FSC www.fsc.org
MIXTE
Papier issu de sources responsables
FSC® C015559